내일은 걷는다

모악시인선 031

내일은 걷는다

김성배 시집

모악

시인의 말

재활치료를 받는다
그리운 어머니와 함께
전통시장에 가서
콩나물 2000원어치,
대파 2000원어치,
어묵 2000원어치 사서
총총 썰어 끓인다
한소끔 끓이고 공깃밥을 뚝딱
한 그릇 먹는다
시원하다
시원하다

2025년 1월
김성배

차례

3부   휠체어가 가는 길

4부 걸음마

1부
베개를 안고 베고

가끔, 혹 자주 1
—걷기

비밀번호를 누르고 엘리베이터를 타고 현관문을 열고 들어가 베란다에서 나를 건다 어깨를 툭툭 치면서 빨래건조대에 꼿꼿하게 서 있다 벽과 벽 사이 깜박이는 불빛이 오늘을 닫는다

맨살의 아침에 거꾸로 걸린 나는 춤을 춘다 복도엔 바람과 나뭇가지와 발길이 어제의 꿈을 이야기한다 또 걷는다 한 걸음 한 걸음

나무 의자

　시장에서 두부 한 모와 콩나물 그리고 대파를 들고 나무 의자에 앉는다 정육점 고깃덩어리가 웃고 누운 고등어가 비실비실하다 그런 것 같다 시장에서 나고 시장으로 떠나는 장사의 걸음이 자꾸 나무 의자를 끌어당긴다 바구니의 행복을 꿈꾸는 동네 사람들, 난전에서 양식을 피우고 앞치마로 인사를 한다

　또 오시소!

　나무 의자에 까만 비닐봉지가 씌워져 있다 기우뚱하게

가끔, 혹 자주 2
—집으로 가는 길

유리벽에 문장의 길이만큼 누운 여성지가 책 등 사이로 입술을 훔치자 베스트셀러『007 증권맨』이 소설책을 죽였다 아스팔트 햇볕에 발끝을 채인 주간지 고양이 눈빛이 중동의 평화를 비웃고 있다

책장에 종이꽃이 피었다 제각각 피고 지는 사연이 한 움큼씩 널려 있다
행간을 마주하고 선 꽃잎이 넘긴 페이지는 버스정류소에 내린 노을과 전쟁 중이다

6차선 건널목에서 소설의 주인공이 서성인다 빨강이 살아 있는 표지그림이 춘희 같다 유리벽을 밀고 나와 춤을 춘다 꽃처럼 꿈을 그린다 드라마 주인공처럼 연기한다

고양이 눈빛의 서점은 깜박인다 가끔 버스정류소에 첫사랑 안부가 멈춘다 무희는 아직도 돌고 버스는 조금 전 떠났다 책 속의 글자들이 손을 흔들며 멀어졌다

하루 재활운동

재활운동을 가서 자전거타기 계단 오르내리기를 한다 자전거타기(일명 코끼리)는 30분을 타고 나면 땀이 삐줄삐쭐 흐른다 여느 자전거와 같으나 손발에 안전장치를 하고 탄다 손발에 안전장치를 생각지 않더라도 한 바퀴 한 바퀴 돌리는 것은 쉽지 않다 하지만 한 바퀴 돌리면 시간이 가고 한 바퀴 돌리면 하루가 간다 계단 오르기는 지금과 같다 오르는 것이 힘들지만 내려오는 것 또한 힘들다 잘 올라가는 것 잘 내려오는 것 둘 다 중요하다 그래서 손잡이나 지팡이를 짚고 오르내리는데 지금의 순간에도 손잡이나 지팡이가 필요하다 지팡이 짚고 걷는 연습을 하면 하루 일과를 마친다 집에 와서 간단히 씻고 TV를 본다 허구한 날 보는 모습은 똑같다

파를 샀다
─여름날 1

파

를

샀

다

한단 묶음의 껍질을 벗기니 콧등의 땀과 눈물이 함께 뿌리를 씻고 있다 더운 여름날 푸름의 싱싱함은 파속의 매운 열기와 난전의 열기는 흥정에만 타올랐다 재래시장의 오후는 배고픈 인피로 이우성이다

파

를

자

른

다

시장의 흥정이 잘린다 무더위가 잘린다 잘게 잘게 발걸음 가볍게 땡볕을 모은다 탕탕 맑은 여름을 끓인다 파 넣고 질긴 여름 닮은 계란을 휘저으며 팟국을 마신다 시원하게

버스와 지하철 그리고 책과 함께

지하철 타고 버스 환승, 아니 버스 타고 지하철 환승하여 가는 퇴근길

언제나 그 자리의 동네 서점을 간다 아니 약속 장소의 서점을 간다

가끔, 혹 자주 기다리는 그곳, 시간이 날 때 잠깐의 여유가 있을 때 메모해 둔 신간을 사고 시집 소설책으로 눈길을 보낸 후 가방 속에 넣는다

며칠 동안 잊어버리고 있다가도 가방의 무게에 한 번씩 생각나면 그때그때 책장에 눈도장을 찍는다

유리벽 바깥에서 바라봄은 버스의 도착에 책 속 주인공이 나타날까봐 설레기도 한다 첫사랑 여학생의 하얀 미소처럼

그래서 계속 기다린다 빨강의 춤과 파랑의 버스를

집에는 언제 갈지 잊은 지 오래다

나는 서 있고 버스는 떠났다

건너편의 네온이 거리를 비추고 있다

문득 생각을 따라 고양이와 골목을 헤맨다

도넛을 같이 먹던 그 애랑…

맑은 국수와 막걸리에 두부김치로 저녁을 때우고 신작로 끝에서 버스를 만난다

휑하니 달려가는 마음을 잡지 못하고 돌아서서 골목을 한없이 쳐다본다

갑자기 비가 억수로 쏟아진다

가방이 젖는 것이 내 몸과 같다

얼마쯤의 빗물이 고인 웅덩이에 떠난 그 얼굴이 그려져 있다

제발 그만 오라고 우산을 받쳐 들고 비를 안는다

뒤집어진 비닐우산과 함께 날아가는 빗물이 온몸을 적신다

그래도 가방의 온기가 남아서 걸음을 재촉한다

아파트 경비 등이 깜박이고 엘리베이터 문이 열린다

광고판에 빨강의 무희가 탄 파랑이 하늘로 오른다

사뿐사뿐

오늘은 출근하지 않았다

종일 버스정류장의 서점에서 책 속 주인공과 놀면서 퇴근할 작정이다

하얀 미소가 절로 나온다

버스가 왔다

비도 올 것 같다

신난다

베개를 안고 베고
—여름날 2

　오지 않는 잠을 청해 잠깐 칼잠을 자다가 깼다 왼쪽으로 오른쪽으로 뒤척이다가 바로 누워 천장 옆 달빛을 안았다 아니 달빛이 내게 왔다 토닥토닥 잘 자라고 왕겨의 둥근 베갯잇과 스펀지의 파란 쿠션과 함께 등 뒤로 스며든다 꿈길을 안내하는 비단결의 이불과 알람시계 눈꺼풀이 깜빡이는 한숨을 내린다 내일의 머리맡은 한밤중, 베개를 베고 안고 뒹구는 달빛이 죽부인처럼 쪽잠을 청한다 문득 깨어보니 달빛이 꼼지락 꼼지락 밤길을 앞세우며 새벽에 아침처럼 졸고 있다

수건

　간밤에 꿈을 꾸었어요 깨어보니 아침이 머물러 있어요 누
군가 손짓을 했어요 기다려 보았어요 기침을 했어요 겨울 속
의 나를 물방울로 두드리고 있어요 그리움이 깨기 전에 세수
했어요 나를 씻은 것이 아니라 아버지가 씻고 있어요 투명한
햇살에 살며시 웃고 있어요 까칠한 수염을 매만지며 하얀 비
누칠을 했어요 불그스레한 얼굴이 창백해졌어요 잘 있었냐
고? 마른 수건으로 닦아 주었어요 출근길 깔끔한 가장의 아
침을 꾸미고 있는 지금, 아버지는 오늘의 안녕을 걱정하세요
차조심 길조심 사람조심이라고 밥은 먹고? 아이들은 잘 크
고? 걱정을 달고 계세요 얼굴을 마주 보며 왼쪽 점을 오른쪽
어둠을 살피고 있어요 오랜만에 보는 아-버-지 칠순 잔치 기
념으로 다가 오셨어요

가족일기

같이 있어야죠
잠들 때 얼굴은 보아야죠
보고 싶은 식구는

밥 먹고 웃어야죠
오랫동안 마주 보며
닮아가는 손끝을 잡아야죠

서로의 마음을 토닥거리며
두 팔 꼭 안고
별을 보고 달 그리며
함께 걸어가는 것입니다

2부
오줌시계

스스로 걷기

오른발이 하늘을 받치고
왼발이 땅을 짚고
어지럽게 걸음마가
제자리에 섰다 불안하게
이만큼
간밤이 낮달을
안으며 안부를 물었다
나무 그늘이 대답한다
자연처럼 나처럼
살자고 생각을 심는다
누 발의 하루가 자란다

같이

혼자 오는 줄 알았는데
같이 왔네
같이 오는 줄 알았는데
혼자 왔네

걸음 걸음 사이 세월을 넣고
곰곰이 가려진 숲길이 있네
햇살 한바닥 생각에 잠겨
어제를 불러보고
오늘을 걷는다

겉으로
속내는 버리고
사잇길에서 혼자 있네
그래도
움직이는 햇살 따라
걷는 지금, 뒤돌아보는 하루가 있네
둘이 가는 길, 끝이 없네

생활 재활 익히기 1

― 세수하기

　세면대에서 수돗물을 틀고 한 손으로 양쪽 눈 주위를 씻
고 오른쪽 뺨과 왼쪽 뺨 주위 씻는다 그다음 이마와 코 주변
을 씻고 손등으로 턱 밑을 닦는다 몇 번을 왕복으로 반복하
고 세수를 마친다 수건을 잡아서 이쪽저쪽을 고루 물기를 닦
는다 양손 세수를 꿈꾸며 열심히 연습해본다 거울을 보며

생활 재활 익히기 2
― 머리 감기

샤워기로 머리에 물을 내리고 한 손으로 샴푸를 눌러 문지른다 특히 귀 부분과 앞머리를 신경 쓰며 몇 번을 반복 후 다시 샤워기를 틀어 씻어 내린다 시원하게 깔끔하게

생활 재활 익히기 3
—양말 신기

앉아서

한쪽 발을 구부려 다른 발의 무릎에 올려놓는다 그다음 왼쪽 오른쪽을 확인한 후 양말을 집어 들고 손으로 양말 입구를 동그랗게 벌린 다음 발가락부터 넣고 조금씩 조금씩 넣고 당기기를 반복한다 발뒤꿈치와 발가락 위치를 다시 확인한다 그리고 다 신었다 싶으면 전체 발 모양을 바로잡고 균형을 맞추면 끝난다 양손으로 신을 그날을 위해

생활 재활 익히기 4
―걷기

　아픈 발로 한 걸음 내딛고 다음 지팡이를 짚는다 자연스
럽게 허리 펴고 반복해서 걷는다 어느 정도 걸음이 많아지면
지팡이를 놓고 두발로 걷는다 내일도 걷는다

일상 재활운동 5
─전기 자극 치료

　정사각형 패드를 손목과 무릎 위에 붙이고 전기를 연결하여 약 30초가량 왔다 갔다를 반복하며 찌릿찌릿 몸으로 전기가 온다 자극을 주어서 근육을 움직여서 말을 붙인다 20초마다 몸을 확인 후 계속 반복한다 사람의 힘으로 안 되는 것을 피부에 말을 붙여서 움직이게 하는 치료 방법이다 견딜 만하게 전기가 왔다가 간다 말도 없이

배탁, 탁배를 아시나요?

배드민턴공을 탁구채로 치는 게임입니다 게임 방식은 배드민턴과 비슷하게 둘이서 주거니 받거니 하며 운동을 합니다 게임 룰은 배드민턴과 같으나 그물망이 필요 없어 서로 탁! 탁! 치는 게임과 동시에 재활운동입니다 지금부터 따라해 보세요 정말! 재미있습니다 자! 지금부터 따라해 보세요 운동의 시작입니다

배드민턴과 풍선의 재활운동

공기를 넣어서 부풀은 풍선을 배드민턴채로 톡톡 땅에 닿지 않게 쳐올리는 것은 재활운동의 한 방법이라고 합니다 똑딱똑딱 주고받는 부드러움이 허공에서 흔들거리다 내려오면 한 번 더 한 번 더 쳐올리는 것이 손발에 의해서 움직임이 커지는 것이 재활운동의 기초가 되는 것입니다

오줌시계

저녁 먹고 식후 30분 약 챙겨 먹고 누우면 이튿날 2시~6
시쯤이면 오줌을 눈다 오줌통에서 쉬하면 오줌을 누워서 싼
다 결코 쉬운 일은 아니다 나이 들어서 누워서 오줌을 싼다
는 것이 어딘지 불편하다

3부
휠체어가 가는 길

두리발*

병원 가는 길에 이용하는 두리발
완치에 대한 기대감을 싣고
행복을 노래하는
집으로 올 때도 어김없이 두리발
휠체어와 함께 이동하는 기쁨

*장애인 콜택시

휠체어가 가는 길

집이나 병원에서 나오면 인도로 간다 울퉁불퉁 엉덩이가 아프지만 휠체어 가는 길이 따로 있지는 않다 자동차, 자전거 전용도로는 있지만 아직 우리나라에는 그런 도로가 없다 장애인 시설이 점차 확대되어가지만 그리 쉬운 일은 아닐 것 같다 씽씽 나아갈 수 있는 평탄한 길을 가보고 싶다 아니 두 발로 걷고 싶다

일상 재활운동 1
─침 맞기 1

    침구실 번호대로 침상에 누워 침을 맞는다 머리부터 발등까지 여러 곳을 맞는다 왼쪽 팔부터 오른쪽 팔까지 그리고 배에도 허벅지에도 침을 맞는다 따끔하게 전해오는 통증이 이어질 즘 머리에도 침을 맞는다 하루의 통증이 침에 의해 온몸에 전해온다 편안하게 얼마 후 침을 뽑는다 아픔도 잠시 피가 나온다 알콜 솜으로 닦고 일어난다 옷을 입고 일어서면 끝난다 그런데 시원하고 편안하다

일상 재활운동 2
—플라스틱 의자*

세수나 샤워를 할 때 자주 앉는다 서서 씻기가 불편해서
앉아서 양치질이나 세수를 한다 왼손과 왼발이 마비가 와서
움직임이 자유롭지 못한 상태로 불편하게 하루를 시작한다
그래도 할 것은 다 한다 머리 말리기 면도하기 등 무리 없이
일상적인 하루를 연다

---

*일명 열린음악회 의자라고도 한다.

일상 재활운동 3
― 재활전동매트, 보봐스 테이블

치료사와 주먹 인사를 한 후 전동 매트에 누워서 근육 재
활운동을 시작한다 엉덩이를 들었다 내렸다를 반복하고 서
서 걷기 연습을 한다 치료사 둥그런 회전의자에 앉아 한 걸
음 한 걸음 미는 대로 움직인다

일상 재활운동 4
—휠체어 타기

공기방석을 깔고 그 위에 앉는다 좌우 브레이크 잠금 장치를 풀고 이동한다 인도의 울퉁불퉁한 것을 피해 자전거 도로로 표시된 길을 밀고 간다 도시철도를 타려고 지하 엘리베이터를 이용한다 편리하다는 생각에 장애인 전용 개찰구를 통과한다 전동차 맨 앞칸을 탄다 씽씽 금방 목적지에 닿았다

생활 재활 익히기 5
─지팡이

한쪽 다리가 불편해서 지팡이를 짚는다 한발 내딛고 지팡이 짚고 한발 따라 걷고 계속 반복해서 재활을 한다 시선은 정면 허리를 쭉 펴고 앞만 바라보는 걸음마가 어릴 적 걸음마를 배우는 기분이지만 그리 쉽게 많이 걸음마를 걷지 못한다 연습이 필요하다는 것이 느껴지는 하루지만 내일은 한 걸음 더 걸을 것 같다 한 걸음, 두 걸음, 세 걸음, 열 걸음… 잘한다

일상 재활운동 6
─자전거 타기

왼발 오른발 발판에 묶고 자전거를 탄다 30분 동안 정신없이 돌리다 보면 저 멀리 도시철도가 지나간다 동래역에서 다대포해수욕장행과 노포행이 교차하는데 곡선이 아름답다 철도는 한 줄로 놓았는데 곡선의 아름다움이 보인다 보름달 같다 차량 위에 떴다 하얗게

일상 재활운동 7
―침 맞기 2

침구실의 번호 순서대로 침상에 눕는다 따스함이 등 뒤로 몰려올 즈음 따끔따끔 침이 늘어난다 잠시 소등 후 피아노 건반 소리에 잠이 든다 머리맡에 병명이 적힌 회원 수첩을 두고 침을 맞는다 한 건반마다 침이 꽂히면 어느새 잠이 들고 코 고는 소리와 휴대전화 소리가 음악을 지운다 다시, 불이 들어오면 고운 손이 침을 음악에서 뽑는다 가볍게, 슬-쩍 음악 소리는 절정을 향해 간다

호박죽과 생식

    부드러운 호박죽을 먹을 때 견과류 한 봉지 넣는다 딱딱하고 먹기 힘들지만 한 개를 다 먹는다 어느새 싹싹 비웠다 먹고 나면 속이 편하다 때때로 사람들을 만날 때면 커피 대신 시원한 곡물라떼나 시원한 주스를 먹으면 속이 편안하다 집에서도 1일생식을 우유에 타 먹으면 잠도 잘 오고 편안하다 몸에 맞다는 것이 이런 것이다 길을 헤매다 쉼터와 만나 털썩 쉬어갈 수 있다는 것이다

4부
걸음마

고구마와 계란

　점심으로 호박죽을 먹은 후 배가 고파서 고구마와 계란을
삶아 먹는다 흰자와 노른자를 구분해서 소금을 찍어 우유와
같이 먹으니 뱃속의 꼬르륵 꼬르륵 전쟁은 사라지고 평온한
오후가 시작되었다 우유와 같이 먹으니 전쟁터의 화염 속에
서 나온 둥근 달 같다 밤 깊은 고구마가 탈탈 흙을 털고 동치
미와 한 판 붙었다

책장에 글이 사라졌다

모르는 단어를 찾으려고 사전을 꺼내다 책장이 무너졌다 책이 도미노 현상처럼 드러누웠다 아니 쓰러졌다 차곡차곡 줄지어 선 활자가 순식간에 넘어갔다 포개진 책 사이를 말들이 오고 간다 소설책과 산문집이 같이 그 뒤를 이어 시집이 넘어갔다 쓰러진 모양 그대로 서로 대화를 한다 책장은 지금 전쟁 중이다 책, 책 쓰러진다

요산기념사업회

윤정규 소설가의 추천으로 사무국장을 맡았다
여러 번 협상 끝에 땅을 매입했다
전통한옥 방식으로 집을 지었다
생가 옆 감나무에서 감이 열렸다
홍시를 먹던 요산 선생이 한 마디 하셨다
'사람답게 살아가라'
감은 해마다 열렸다

최계락문학상

「꽃씨」의 최계락 시인의 동생
최종락 선생이 문학상 종자돈을 내놨다
시인이 재직했던 국제신문사에서
권위 있는 큰 문학상을 만들었다
「꽃씨」 시비에 꽃이 피었다
전국의 문인들이 다 모였다
「문학은 꽃이다」
「꽃은 해마다 피었다」

영도다리

영도다리가 없어진다는 소문이 나자
영도다리를 생각하는 사람들이 모여
이산가족 찾기 사진과 대중가요 속 가사
오밀조밀한 점집 풍경을 담은 사진 등을
모아 「영도다리 끄덕 한번 들어 올려보입시더」 자료집을
만들었다
  멀리 다리 끝에서 '금순이가 목 놓아 가족을 찾고 있다'
  내일도 다리는 들어 올라갈 것이다

걸음마

외손녀 나들이 갈 때 신겨준 꼬까신
걸을 때마다 삐삐 소리가 납니다
해가 길을 비추자 뒤뚱뒤뚱
걷습니다
목적지에 닿자 손을 들어 해에게 인사를 합니다
집에 돌아온 저녁, 할아버지가
사준 운동화를 신고 낮에 갔던 산책길을 걷습니다
사람들이 많이 걷자 뒤뚱뒤뚱 따라갑니다
갈림길에서 잠시 멈춰하다가
사람들이 박수를 치자 다시 일어서 걷습니다
다음 날에 뒷산에 갔습니다
입구부터 혼자 걷던 손녀는 중간에 너른 바위에 앉아 옹알
이를 합니다
등산객이 박수를 치자 다시 일어서서 올라갑니다
내려올 때는 나뭇가지를 친구 삼아 잡고
살금살금 내려옵니다
다 내려와서 손을 흔들고 산에 인사를 합니다
돌 선물로는 최고의 걸음마입니다

휠체어

오랜 세월 동안 함께했다
발로 밀고 손으로 돌려서
살았다
이젠 값비싼 고급 소파보다
편안하다
이 좋고 편안한 삶을 벗어나고자
오늘도 걷는다
한 걸음, 한 걸음 힘들게 시작한다

지팡이

재활운동 할 때는 한발짜리
집에서는 네발짜리를 짚는다
너무 오랫동안 같이 있다 보니
나도 모르게 정이 들었다
그런 정을 떼고 홀로서기를 시작한다

아내가 보는 가운데 한 걸음, 한 걸음 걷는다
너무 놀라서 박수와 고함을 지르고 엄지 척을 한다
등에 업혀 있던 손녀도 덩달아
손을 흔들고 만세를 한다

이것이 나의 삶이다

항암치료 1

항암치료를 받았더니 머리카락이
한 움큼씩, 한 움큼씩 빠진다
너무 힘들어 머리를 빡빡 깎았다
시원하다
암도 머리카락처럼 없어지면
좋겠다 시원하게

항암치료 2

항암치료를 받고나면
속이 불편해
호박죽과 요플레를 먹는다
우연한 기회에 붉은 홍시를
먹었더니 거짓말처럼
좋아졌다
역시 우리 것이 좋다
우리 것이

거듭나기와 시쓰기
—김성배 시인의 재활기

남송우(평론가·고신대 석좌교수)

　김성배 시인이 병마로 쓰러진 지가 몇 년이 지났다. 말문이 트이면서부터 여러 차례 전화를 주고받았다. 쉽지 않은 재활의 길을 남다르게 통과하면서 그 동안 뜸했던 자들과의 소통의 길을 다시 열고 있음이 다행스럽게 여겨졌다. 얼마 전 아직은 어눌함이 남은 목소리로 전화가 왔다. 전언의 핵심은 "선생님! 시집을 내야겠어요. 시집 해설을 좀 부탁합니다."였다. 그 동안 재활한다고 시간을 다 소비했을 텐데, 그 시간 동안 시를 써왔단 말인가? 전화를 받으면서 머리에 스치는 생각이었다. 그리곤 순간 어떻게 해야 하나라는 답답함이 밀려왔다. 시인들의 시집 뒤에 따라붙는 시 해설을 안 쓰기로 공언한 지도 제법 되었고, 시 해설을 쓴다는 생각은 전혀 하지 않고 있었기 때문이다. 머리에 스치는 나의 생각이 흘러가는 동안 김성배 시인은 계속해서 띄엄띄엄 자신의 시에 대한 해설의 필요성을 이야기했다. 필자는 그의 이야기가 지속되면 될수록 빨리 결정을 내려야 한다는 강박감에 힘들었다. 거절과 수락 사이를 오가며 그의 연이어지는 전화기 저쪽에서 밀려오는 개인적인 감정이 도저히 거절할 수 없도록 만들었다. 2009년 그가 시전문계간지 『시평』에 신인상으로 등단할 때 필자가 추천인의 한 사람으로서 그의 시를 심사한 인연을 저버릴 수가 없었다.

　김성배 시인의 시집에 글을 쓰면서 나는 나의 참회록부터 한 줄 기록해야겠다. 필자는 오래 전 시인들의 시집에 딱지처럼 붙는 시 해설은 쓰지 않기로 공언을 했다. 많은 시집에 붙은 시 해설이 독자들을 오도하기도 하고, 비평가들의 놀이터로 전락해 있었기 때문이다. 시집에 시 해설이 붙기 시작한 것은 일반 독자들이 시집을 읽으면서 부딪히는 해석과 이해의 걸림돌을 치워내어 줌으로써 시인의 시 세계를 좀 더 깊이 잘 수용할 수 있는 길을 열어주기 위함이었다. 이런 긍정적인 기능을 내보이는 시 해설이 전혀 없었던 것은 아니지만, 시집 해설이란 틀이 형식적으로 고정화되면서 독자들의 자유로운 상상력을 제한하고, 한 비평가의 상상력과 해석에 함몰시켜 버린 결과를 낳았다. 이런 연유로 비평가들에 의해 형성되는 시집 해설 양식은 역시 한 편의 비평이란 점에서 비평의 한계와 문제점을 고스란히 안게 되었다. 비평은 본질상 해설만으로 성립될 수 없는 성질의 것이다. 작품에 대한 이해와 해석이 전제되기는 하지만 평가라는 비평의 잣대가 언제나 작동해야 한다. 그러나 시집 해설이란 유형의 글쓰기는 평가보다는 해설에 초점이 맞추어지는 것이 일반적이다. 이런 차원에서 시집 해설문은 비평적 글쓰기이기는 하지만, 진정한 의미의 비평과는 거리가 멀다. 간혹 비평적인 시집 해설문을 쓰기도 하지만 보편적으로 시집 해설문에서 본격적인 비판적 평가가 주어지기는 힘들다. 대체적으로 시집 속에 실린 시편들의 의미를 재구성하여 상찬하는 것이 일상화되어 버렸다. 그러므로 본격적인 비평을 위해서는 시집 해설형의 글쓰기를 넘어서야 한다. 이러한 개인적인 판단이 시집에 시 해설 안 쓰기로 마음을 굳게 먹게 했다.

그런데 김성배 시인의 두 번째 시집에 시집 해설을 쓰게 되었으니, 스스로 자신과의 약속을 어긴 셈이다. 긴 삶도 아닌데 자신과 맺은 약속을 제대로 지키지 못한 잘못을 참회할 수밖에 없다. 그리고 참회록을 쓸 수밖에 없는 사연을 풀어놓지 않을 수가 없다. 김성배 시인과 필자가 만난 것은 1980년대 초였다. 그가 고등학생이었던 시절이다. 필자는 그때 지금의 부산가톨릭대학(옛 지산간호보건전문대학)에 근무할 시절이었다. 그 학교에서 학보사 주간을 맡고 있었는데, 학교 홍보 겸 자라나는 학생들의 글쓰기 장려를 위해 학보사 주최로 고등학생 대상 현상작품 모집을 실시했다. 그때 제법 많은 학생들이 응모했는데, 이때 김성배(당시 경남공고)란 학생이 입선을 하였다. 시상식 이후 세월이 지나면서 까마득하게 필자는 이 이름을 잊고 있었다.

그러나 그는 글쓰기를 포기하지 않고 자기 길을 가고 있었다. 고교 시절의 그는 꽤 이름을 날리던 '문청'이었다. 안도현·정일근 시인 등과 전국 청소년문예대전과 전국 백일장에서 실력을 겨루기도 했고, 수차례 공모전에 입상하면서 문재를 인정받기도 했었다. 그래서 1984년도 서울예술대학 문예창작과 특기 장학생으로 선발됐다. 하지만 가난한 가정 형편상 등록금이 없었다. 가난한 살림과 홀아버지를 두고 혼자 서울로 갈 수가 없었기 때문이다. 대학 진학을 포기하고 부산에 남았고, 그를 기다린 것은 막노동에 가까운 일일 노동자인 잡일부터 시작해야 하는 일상

이었다. 그가 어느 매체에 인터뷰한 기록에는 당시 그의 삶의 정황이 여실히 드러나고 있다.

"대학 진학을 포기하고 나니까 막막했지요. 무엇보다 먹고 살아야 했어요. 배운 게 도둑질이라고, 어쩔 수 없이 글과 관련된 일을 하게 됐어요."

고등학교 때 문예반 활동을 하며 알게 된 류명선 시인, 최영철 시인, 신태범 소설가 등 부산지역 소설가와 시인들의 뒤를 따라다니며 출판을 배웠다. 그는 부산 문단의 시인과 소설가들이 운영하는 출판사에서 밑바닥 일부터 배웠다. 한 달 버스 값으로도 부족한 월급 5만 원을 받으면서도 궂은일을 마다하지 않고 백방으로 뛰어다녔다. 그에게는 뛰어다니는 행위가 곧 배움이었던 시절이었다.

그가 배운 것은 무엇이었을까? 출판사 견습 시절이라 불러도 크게 무리가 없을 2년 동안 그는 출판 실무뿐 아니라, 오늘의 그를 있게 만든 가장 큰 능력이자 자산인 '사람'을 대하고 관계하는 지혜를 배웠다. 실무적으로는 출판기획·편집·제작·유통까지 전 영역을 아우르며 기량을 쌓아갔고, 또 다른 한 편으로는 '사람'을 엮고 나누고 이어가는 사람 경영법을 배웠다.

1989년, 마침내 그는 독립하여 출판을 시작했다. 결혼 축의금을 모아 자본금 100만 원으로 도서출판 해성을 차렸다. 사무실 보증금으로 100만 원을 내고 나니, 수중에 돈 한 푼 없었다. 그가 헌신했던 벗들이 돕고 나섰다. 친구의 부친이 전화를, 고 윤정규 소설가가 팩스를 보내주었다. 책상·의자 같은 자잘한 사무실 비품도 지인들의 기증품으로 충당했다. 그렇게 도서출판 해성은 어렵게 문을 열었다. 직원은 혼자였다. 말하자면, 이미 30

여 년 전에 그는 1인 출판시대를 연 것이다.

"힘들었죠. 결혼은 했고, 아이는 태어났고, 살아야 했어요. 사무실에서 먹고 자며 죽어라 일했지요. 창업 이듬해 『1990년 신춘문예 등단 시인 신작 시집』을 펴냈어요. 신춘문예로 등단한 시인들의 작품을 이름도 없는 지역출판사에서 만든다는 것은 당시로서는 획기적인 사건이었어요. 그 시집을 계기로 '해성'이라는 이름이 조금 알려졌지요."

이름 없는 부산의 작은 출판사였지만, 사업은 나름 순탄했다. 부산의 문화와 역사, 부산다움을 전면에 내세운 기획으로 부산은 물론이고 부산을 넘어 시나브로 전국적으로 이름이 알려지기 시작했다. 그러나 가슴 한 켠에 아쉬움이 없지는 않았다. 혼신의 힘을 쏟아가며 만든 자식 같은 책들이 제대로 대접을 받지 못하는 현실이 안타까웠다. 그는 다시 한 번 사고를 치기로 했다. 자신이 만든 책을 제대로 알리기 위해서는 문학 인구의 저변을 확대하는 방법밖에 없다고 판단하여, 각종 문화사업을 펼칠 '부산문화연구회'를 출범시킨 것이다. 도서 마케팅을 위해 만든 부산문화연구회는 출판과 함께 부산 문화계에 새로운 활력을 불어넣는 계기가 되었다.

부산문화연구회를 통해 문학청년으로서 오랫동안 가슴에 품고 있던 구상들을 펼치기 시작했다. 지역언론사와 함께 진행한 소설강좌, 문학기행, 청소년인문학강좌, 작가와 함께하는 북 콘서트, 부산스토리텔링 강좌 등 문학과 예술 전반을 아우르는 프로그램을 진행했다. 그의 머릿속에서는 아이디어가 쏟아져 나왔고, 부산문화연구회를 통해 현실에서 이를 실현시켰다.

또 하나 부산지역 문학사의 새로운 계기를 만든 것은 지난

2007년 부산소설가협회와 도서출판 해성이 소설전문계간지 『좋은소설』을 만들었다는 사실이다. 그는 전국에는 없는 소설 작품만 싣는 『좋은소설』 기획안을 가지고 하루는 필자를 찾아왔다. 출판비는 출판사에서 담당할 수 있으니 부산소설가협회와 협의해서 소설전문지를 한번 만들어보자는 것이었다. 그래서 김 시인과 필자는 당시 부산소설가협회 회장이었던 조갑상 회장을 찾았다. 소설가협회로서는 지역에서 소설전문지가 생기는 것을 마다할 이유가 전혀 없었다. 쉽게 합의를 하고 준비 단계를 거쳐 계간 『좋은소설』 창간호를 2007년 발간했다. 「경향신문」은 그 소식을 이렇게 전했다.

소설 전문 계간지 『좋은소설』(도서출판 해성)이 부산에서 창간됐다. 시 전문지는 있지만 소설 전문지는 처음이다. 문학평론가 남송우씨(부경대 국문과 교수)가 편집주간을 맡고 김경수(서강대 국문과 교수), 서경석(한양대 국문과 교수), 정태규(소설가), 정우련(소설가)씨가 편집위원으로 참여한 『좋은소설』은 분기별로 좋은 작품을 뽑아 수록한다. 창간호에는 김하기의 「달집」, 명지현의 「너의 콩 조각」, 문순태의 「생오지 가는 길」, 유익서의 「위험한 소원」, 조명숙의 「나비의 저녁」, 주연의 「그녀의 물고기」가 실렸다.

「경향신문」 2007. 5. 23.

회원들을 위한 기관지도 아니고, 비평도 섞지 않은, 순수 독자 지향의 소설전문잡지. 『좋은소설』은 지역의 소설가협회와 지역출판사가 함께 만든다는 점에서 지역소설 문학사로서는 평가받아야 할 역사적 사건이었다. 김성배 시인이 부산지역 문화판에 뿌려놓은 씨앗들을 일일이 다 주위섬기기에는 시간이 부족할 정도이다. 그런데 필자와 마지막 함께 했던 일 중의 하나는 이 여백에 기록해두어야 할 것 같다. 솔뫼 최해군 선생이 돌아가시고 난 이후에 그를 기리는 기념사업을 송기인 신부가 제안을 했다. 송 신부는 솔뫼 선생이 동래 원예고등학교에 재직할 때 제자였다. 이후 송 신부는 부산지역의 민주항쟁 역사를 정리하면서 부산의 인물들에 대한 자료 조사를 솔뫼 선생께 부탁해서 많은 자료를 얻을 수 있었다고 했다. 그 일에 대한 보답도 재대로 못했을 뿐만 아니라, 생전에 스승으로서 제대로 섬기지를 못했다는 죄의식으로 솔뫼 선생 사후에 조그마한 기념사업이라도 했으면 하는 생각을 지니고 계셨다. 어느 날 필자를 만나 송 신부는 내가 필요한 경비는 부담을 할 테니 보람 있는 기념사업을 하나 해보자고 했다. 의논한 결과 솔뫼 선생을 기리는 기념비를 하나 세우는 게 어떻겠느냐고 했다. 그래서 이를 추진하기로 하고 솔뫼 선생 기념비 건립 추진위원회를 조직했다. 부산지역 문인들의 전체 뜻을 모은다는 취지에서 부산문협과 작가회의 그리고 부산소설가협회가 주최가 되어 추진하기로 협의를 했다. 기념비 건립 추진위원회는 조직이 되었으나 실무를 책임질 수 있는 사람이 필요했다. 내 머리에 순식간에 떠오른 인물이 김성배 시인이었다. 그에게 당장 연락을 해서 실무를 맡아 이 일을 진행할 수 있게 부탁을 했다. 그는 두 말도 않고 신이 나서 모든 실무는 내가 알아서 챙길 테니 걱정하지 말라고 했다.

그런데 기념비를 세울 장소가 문제였다. 시와 협의를 해서 부산시민공원 내에 기념비를 세우는 것으로 일차적으로 진행을 했다. 이를 실행하기 위해서는 부산시의 공원과와 관련 심의위원회의 심사를 거쳐야 했다. 그런데 의외로 심의위원들의 반대가 많았다. 향토 사학사로서 부산지역의 소설가로서 솔뫼 선생이 남긴 업적이 상당한 데도 각계 분야로 구성된 심의위원들은 솔뫼 선생에 대한 평가가 객관적이지 않았다. 또한 시의 입장도 시민공원에 개인 기념비가 들어서면 다른 단체에서도 계속 이곳에 기념비를 세우겠다고 요청을 할 것이니, 감당할 수 없다는 논리였다. 솔뫼 선생의 기념비를 세우는 문제는 일차 관문에서 좌절되고 말았다. 그러나 그 동안 이 일이 문제없이 잘 풀릴 것이라고 생각하고 추진위원회는 기념비를 마련하는데 속도를 냈다. 원석을 구하고 비에 새겨질 글들을 윤문하고 기념비 전체의 디자인을 부경대 홍동식 교수에게 맡겨 짧은 시간 안에 기념비는 준비가 끝났다. 기념비는 준비되었으나 세울 장소가 확정되지 않아 시간만 흘러가게 된 상황이 계속되었다. 이에 실무를 맡은 김성배 사무국장은 부산시 공원과와 다시 협의를 시작하여 공원과가 요구하는 기념비 건립 추진에 필요한 관련 서류들을 준비하기 시작했다. 이 서류는 일반 민간인들이 만들 수 있는 것이 아니었다. 많은 비용이 필요한 서류라 아는 분들을 통해 PK엔지리어링의 도움을 받아 당시 500만 원을 지불하고 용역을 맡겼다. 실제 비용은 몇 천만 원을 지불해야 가능한 일이었으나 지인들의 도움과 PK엔지리어링 구본호 대표의 배려로 일을 진행했다. 부산시에서 시정을 펼치면서 왜 토목건축 분야에 많은 문제가 있는지를 이때 확인할 수 있는 계기가 되었다. 일반 시민들에게 부담을 주는 불필요한 제도들이 얼마나 많으며 그 과정에서 수많은 부조리가 발생할 수밖에 없다는 사실을 인식하게 된 것이다. 이렇게 용역을 맡겨 받은 수많은 서류를 김성배 사무국장이 부산시 공원과에 제출했지만, 결과는 아무 것도 없었다. 결국 헛돈만 쓰고 시간만 흘러 보낸 것이다. 이 일이 있은 후 김성배 시인은 개인적으로 충격과 함께 어떻게 이 일을 풀어나가야 할지 고민에 쌓였다. 출판사 업무와 문화프로그램 진행 등 다양한 업무에 지치고 솔뫼 선생의 기념비 건립 사업도 난관에 부딪히자 그는 더 이상 지탱할 수 없는 상황으로 몰린 것이 아닌가라고 필자는 생각한다.

어느 날 솔뫼 선생 기념비 건립 장소를 다른 곳으로 옮겨 진행을 해보려고 출판사에 전화를 했더니 김성배 시인이 전화를 받는 것이 아니라, 그의 딸이 전화를 받았다. 김 시인을 찾았더니 아버지가 쓰러졌다고 했다. 동아대학병원에 입원은 했으나 아직 의식이 없는 상태라고 했다. 필자는 더 이상 말을 잇지 못하고 전화를 끊었다.

이제 김성배 시인이 묶어놓은 그의 재활기록이기도 한 두 번째 시집인 그의 시를 살펴본다. 이번 시집에 실린 시편은 전부 39편으로 「가끔, 혹 자주 1—걷기」, 「나무 의자」, 「가끔, 혹 자주 2—집으로 가는 길」, 「버스와 지하철 그리고 책과 함께」, 「파를 샀다—여름날 1」, 「베개를 안고 베고—여름날 2」 등의 몇 편을 제외하면 모두 병마로 쓰러진 이후 재활과정을 노래한 시편들이다. 노래한 시라기보다는 재활기란 기록으로 보는 것이 더 적확할 것이다. 그래서 그가 재활 과정에서 기록으로 남겨놓은 기록에 대한 해석을 중심으로 이 시집의 의미를 찾아보고자 한다.

뇌졸중으로 쓰러져 일어나지도 못하던 김 시인이 처음 일어서서 한 일은 걷는 연습이었을 것이다. 우선은 일어서는 일부터 힘들었을 것이다. 인간이 누웠다가 일어서는 단계로 나아가는 것이 그렇게 쉬운 일이 아니다. 뇌졸중으로 쓰러진 이는 태어난 아이가 누워 지내다가 앉기 시작하고, 앉는 단계에서 일어서고, 일어선 다음 걷기 시작하는 과정과 똑같은 과정을 거쳐 재활이 이루어지기 때문이다. 한 발 한 발 걷는다는 것은 경이롭고도 힘든 과정일 수밖에 없다. 인간의 본성을 보여주는 직립보행의 실현이 얼마나 지난한 길인지를 시인은 절실하게 체감했을 것이다. 그 장면의 시적 서술은 참으로 시답다.

아픈 발로 한 걸음 내딛고 다음 지팡이를 짚는다 자연스럽게 허리 펴고 반복해서 걷는다 어느 정도 걸음이 많아지면 지팡이를 놓고 두 발로 걷는다 내일도 걷는다

「생활 재활 익히기 4—걷기」

네 문장으로 구성된 재활을 위한 걷기 연습을 노래한 이 시는 시 자체에서는 아무런 감정이 배어나지 않고 있다. 의식도 잃고 오랜 시간 누워 있다가, 의식이 돌아오고, 이후에도 오랜 날을 지내고, 일어서게 된 다음에 한 발 한 발 걷는 연습을 하는 자의 마음에는 어떤 감정이 흐르고 있었을까? 다시 깨어났다는 안도감보다는 죽음의 그림자에 깊이 억눌려 있었던 인간의 삶에 대한 회한과 무수한 감정들이 오가고 있었을 것이다. 그런데 시인은 걷기 연습을 하면서 그 숱한 감정의 회오리를 털끝만큼도 드러내지 않고 있다. 그저 걷기 연습의 장면을 보여주기만 한다. 아픈 발로 한 걸음 내딛고 다른 한 발은 지팡이로 대신하며 힘들게 느리게 걷는 순간순간마다 그의 마음에는 어찌 다른 감정

이 솟아나지 않았겠는가? 그러나 그 아프고 슬픈 감정을 토로하는 것이 시가 아니라는 사실을 이미 시인은 알고 있었기에 재활을 위한 걷기의 장면만을 보여주는 것으로 만족하고 있다. 지팡이와 함께 걷기에서 지팡이 없이 걷기를 위해 얼마나 많은 날을 걷기 연습에 바쳐야 하는지를 암시해주고 있다. 그래서 시인은 "내일도 걷는다"라고 시를 맺음하고 있다. 이 짧은 장면 속에서 시인의 걷기가 어떻게 나아지고 있는지, 그리고 언제까지 지팡이와 함께 직립보행을 유지해야 하는지를 암시해줌으로써 재활자들의 고통을 추체험할 수 있기를 바라고 있는 것이리라.

　이러한 걷기에 대한 연습과 힘들었던 재활의 과정은 「생활 재활 익히기 5―지팡이」에서 더 구체화 되고 있다.

　한쪽 다리가 불편해서 지팡이를 짚는다 한발 내딛고 지팡이 짚고 한발 따라 걷고 계속 반복해서 재활을 한다 시선은 정면 허리를 쭉 펴고 앞만 바라보는 걸음마가 어릴 적 걸음마를 배우는 기분이지만 그리 쉽게 많이 걸음마를 걷지 못한다 연습이 필요하다는 것이 느껴지는 하루지만 내일은 한 걸음 더 걸을 것 같다 한 걸음, 두 걸음, 세 걸음, 열 걸음… 잘 한다

「생활 재활 익히기 5―지팡이」

　걷기를 시작한 재활과정에서 한 걸음에서 세 걸음 그리고 세 걸음에서 열 걸음으로 나아가는 시간은 참으로 지난한 과정이다. 내일은 한 걸음 더 걸을 수 있을 것이라는 희망을 안고, 어릴 적 걸음마를 배우는 것처럼 나아간다. 이런 과정을 겪으면서 스스로에게 "잘 한다"라고 격려할 수밖에 없었던 시간들을 떠올리

는 것은 참으로 고통스러운 시간의 소환이다. 그러나 김 시인은 자신의 고통스러웠던 재활과정을 재구성하면서 어떤 고통의 이미지도 보여주지 않고 있다. 이것이 김 시인이 이번 시집에서 보여주는 시인으로서의 자기 정체성을 드러내 보이는 소중한 장면들이다.

뇌졸중으로 쓰러진 경우, 재활을 위한 운동은 참으로 다양하다. 김 시인의 경우도 그의 시에 기록된 하나하나를 살펴보면 다양한 운동을 해왔음을 알 수 있다. 그 중의 하나가 전기 자극 치료이다

정사각형 패드를 손목과 무릎 위에 붙이고 전기를 연결하여 약 30초가량 왔다 갔다를 반복하며 찌릿찌릿 몸으로 전기가 온다 자극을 주어서 근육을 움직여서 말을 붙인다 20초마다 몸을 확인 후 계속 반복한다 사람의 힘으로 안 되는 것을 피부에 말을 붙여서 움직이게 하는 치료 방법이다 견딜 만하게 전기가 왔다가 간다 말도 없이

「일상 재활운동 5—전기 자극 치료」

전기 자극 치료를 받은 시인의 경험을 사실 그대로 재구성해놓고 있다. 그런데 "사람의 힘으로 안 되는 것을 피부에 말을 붙여서 움직이게 한다"는 표현이 유치하면서도 시적이다. 재활의 단계에서, 말도 제대로 할 수 없는 상황 속에서 시인이 할 수 있는 말은 피부를 통해 느끼는 감각일 수밖에 없다. 이는 어쩌면 가장 순수한 어린이의 상태와 같은 감각기관의 작동과 같다고 할 수 있다. 그 순수함과 단순함이 시에서 불필요한 수사를 다 제거해놓고 있다. 순수함과 단순함이 만나 빛는 순간들을 만나

게 된다. 그리고 재활의 한 방법으로 활용되고 있는 '배탁, 탁배'
의 소개도 흥미롭다.

　　배드민턴공을 탁구채로 치는 게임입니다 게임 방식은 배드민턴과
비슷하게 둘이서 주거니 받거니 하며 운동을 합니다 게임 룰은 배드민
턴과 같으나 그물망이 필요 없어 서로 탁! 탁! 치는 게임과 동시에 재
활운동입니다 지금부터 따라해 보세요 정말! 재미있습니다 자! 지금부
터 따라해 보세요 운동의 시작입니다.

「배탁, 탁배를 아시나요?」

　　어떻게 보면 유아들이 즐길 수 있는 공을 서로 주고받는 단순
한 운동이 재활을 위해 활용되고 있음을 보여주고 있다. 이 운
동을 하면서 정말 재미있다고 한 시인의 마음은 어떤 상태일까?
힘들게 걷기 시작해서 이제는 손에 탁구채를 잡고 배드민턴공
을 칠 수 있는 정도로 재활이 이루어진 상태라고 본다면 시인에
게는 이 게임이 흥미로울 수밖에 없었을 것이다. 혼자 걷고 혼자
치료만 받는 상태에서 이제는 타자와의 관계를 통해 서로를 인
식할 수 있는 단계로 나아왔으니 말이다. 재미있다라는 표현과
함께 운동의 시작이라고 말한 이유는 바로 이 지점에 있다고 보
여진다. 혼자 하는 운동은 운동이 아니고 둘이서 하는 운동이 운
동의 시작이라는 새로운 단계에의 깨달음을 언표함이 아닐까?
즉 재활의 진화단계가 다른 단계로 나아가고 있음을 드러내는
장면으로 읽힌다. 그러나 재활단계가 어찌 그렇게 순탄하기만
하겠는가? 김 시인이 겪은 불편함은 한 두 가지가 아니다. 「일상
재활운동 2―플라스틱 의자」, 「오줌시계」, 「휠체어가 가는 길」

은 그가 겪었던 불편함과 장애가 구체화되고 있다

세수나 샤워를 할 때 자주 앉는다 서서 씻기가 불편해서 앉아서 양
치질이나 세수를 한다 왼손과 왼발이 마비가 와서 움직임이 자유롭지
못한 상태로 불편하게 하루를 시작한다 그래도 할 것은 다 한다 머리
말리기 면도하기 등 무리 없이 일상적인 하루를 연다

「일상 재활운동 2―플라스틱 의자」

저녁 먹고 식후 30분 약 챙겨먹고 누우면 이튿날 2시~6시쯤이면 오
줌을 눈다 오줌통에서 쉬하면 오줌을 누워서 싼다 결코 쉬운 일은 아니
다 나이 들어서 누워서 오줌을 싼다는 것이 어딘지 불편하다

「오줌시계」

집이나 병원에서 나오면 인도로 간다 울퉁불퉁 엉덩이가 아프지만
휠체어 가는 길이 따로 있지는 않다 자동차, 자전거 전용도로는 있지만
아직 우리나라에는 그런 도로가 없다 장애인 시설이 점차 확대되어가
지만 그리 쉬운 일은 아닐 것 같다 씽씽 나아갈 수 있는 평탄한 길을 가
보고 싶다 아니 두 발로 걷고 싶다

「휠체어가 가는 길」

「일상 재활운동 2―플라스틱 의자」에서는 왼손과 왼발의 마
비 때문에 서서 세수나 샤워하기가 불편함을 호소한다. 「오줌시
계」에서는 "나이 들어서 누워서 오줌을 싼다는 것"이 얼마나 불
편한 일임을 소개하고 있다. 비정상적인 일상의 삶이란 것이 주
는 고통의 한 단면을 쉽게 떠올릴 수 있다. 그리고 「휠체어가 가

는 길」에서는 장애인들이 갈 수 있는 휠체어 길이 마련되지 않음에서 빚어지는 불편함과 차별적인 대우가 선명하게 드러나고 있다. 그래서 두 발로 걷는다는 사실이 얼마나 귀한 선물인지를 인식하고 "두 발로 걷고 싶다"라고 현실적인 소망을 드러내고 있다. 김 시인의 재활 치료 중의 하나는 침 맞기이다.

　침구실 번호대로 침상에 누워 침을 맞는다 머리부터 발등까지 여러 곳을 맞는다 왼쪽 팔부터 오른쪽 팔까지 그리고 배에도 허벅지에도 침을 맞는다 따끔하게 전해오는 통증이 이어질 즘 머리에도 침을 맞는다 하루의 통증이 침에 의해 온몸에 전해온다 편안하게 얼마 후 침을 뽑는다 아픔도 잠시 피가 나온다 알콜 솜으로 닦고 일어난다 옷을 입고 일어서면 끝난다 그런데 시원하고 편안하다

「일상 재활운동 1─침 맞기 1」

　침구실의 번호 순서대로 침상에 눕는다 따스함이 등 뒤로 몰려올 즈음 따끔따끔 침이 늘어난다 잠시 소등 후 피아노 건반 소리에 잠이 든다 머리맡에 병명이 적힌 회원 수첩을 두고 침을 맞는다 한 건반마다 침이 꽂히면 어느새 잠이 들고 코 고는 소리와 휴대전화 소리가 음악을 지운다 다시, 불이 들어오면 고운 손이 침을 음악에서 뽑는다 가볍게, 슬-쩍 음악 소리는 절정을 향해 간다

「일상 재활운동 7─침 맞기 2」

　위의 두 시 모두 재활을 위한 침 맞기 과정을 보여주고 있다. "침구실 번호대로 침상에 누워 침을 맞는다"는 침 맞기의 시작은 동일하나 침을 맞고 난 이후의 분위기와 느낌은 사뭇 다르다.

「침 맞기 1」에서는 침을 맞으면 통증도 있지만, 아픔도 잠시 맞고 나서는 "시원하고 편안하다"는 반응을 보이나, 「침 맞기 2」에서는 침 맞기가 통증보다는 따끔따끔 정도로 나타나며 피아노 건반소리에 잠이 들고, 끝나면 "음악 소리는 절정을 향해 간다"고 마무리되고 있다. 이는 처음 침 맞기에서 느끼던 통증과 아픔이 갈수록 약화되어감을 느끼게 한다. 어떻든 시인의 침 맞기의 경험으로는 편안함과 깊은 잠을 선사해주었음을 기록으로 남겨 놓고 있다.

재활운동을 하면서 가장 시적인 장면을 내보이는 작품이 「일상 재활운동 6—자전거 타기」이다.

왼발 오른발 발판에 묶고 자전거를 탄다 30분 동안 정신없이 돌리다 보면 저 멀리 도시철도가 지나간다 동래역에서 다대포해수욕장행과 노포행이 교차하는데 곡선이 아름답다 철도는 한 줄로 놓았는데 곡선의 아름다움이 보인다 보름달 같다 차량 위에 떴다 하얗게

「일상 재활운동 6—자전거 타기」

재활을 위해 갇힌 공간에서 자전거를 타면서 저 멀리 지나가는 도시철도를 보면서 떠올린 한 장면이다. "동래역에서 다대포해수욕장행과 노포행이 교차하는데" 그 곡선이 아름답다고 이미지화 한다. 곡선의 아름다움은 보름달로 비유되고 있고, 그 보름달이 차량 위에 하얗게 떴다고 형용함으로써 시인의 의식은 재활을 하는 환자의 선을 벗어나 있는 듯하다. 이러한 시인의 시적 단계는 「고구마와 계란」에서도 이어지고 있다.

점심으로 호박죽을 먹은 후 배가 고파서 고구마와 계란을 삶아 먹는다 흰자와 노른자를 구분해서 소금을 찍어 우유와 같이 먹으니 뱃속의 꼬르륵 꼬르륵 전쟁은 사라지고 평온한 오후가 시작되었다 우유와 같이 먹으니 전쟁터의 화염 속에서 나온 둥근 달 같다 밤 깊은 고구마가 탈탈 흙을 털고 동치미와 한 판 붙었다

「고구마와 계란」

배가 고파 고구마와 계란을 삶아 먹은 후의 몸의 상태를 보여주는 장면이다. 배고픔이 사라지고 그 평안함이 "전쟁터의 화염 속에서 나온 둥근 달 같다"고 이미지화함으로써 재활의 시간이 시인으로서 언어를 회복하는 단계로 나아가고 있음을 보여준다. "고구마가 탈탈 흙을 털고 동치미와 한 판 붙었다"는 시적 이미지의 모습은 그의 언어 감각이 어느 정도 회복되었음을 보여주는 증표이다. 이러한 단계로의 언어 회복은 『책장에 글이 사라졌다』는 과정을 통해서만 가능한 일이었다.

모르는 단어를 찾으려고 사전을 꺼내다 책장이 무너졌다 책이 도미노 현상처럼 드러누웠다 아니 쓰러졌다 차곡차곡 줄지어 선 활자가 순식간에 넘어갔다 포개진 책 사이를 말들이 오고 간다 소설책과 산문집이 같이 그 뒤를 이어 시집이 넘어갔다 쓰러진 모양 그대로 서로 대화를 한다 책장은 지금 전쟁 중이다 책, 책 쓰러진다

「책장에 글이 사라졌다」

김 시인은 병마로 쓰러진 이후 의식이 제대로 깨어나지도 못한 상태에서 상당한 시간을 보냈다. 의식을 회복했지만 언어 감

각도 몸의 다른 기능처럼 온전히 회복되는 데는 상당한 시간이 걸렸다. 육신의 기능 회복도 중요했지만 시인인 그에게는 시를 다시 쓸 수 있기에 필요한 언어 감각을 제대로 회복하는 일이 더 중요했다. 재활을 통해 조금씩 회복되는 육신의 거듭남과 함께 정신의 온전한 회복이 그에게는 가장 중요한 과제였다. 다행히 그는 하늘의 도움으로 언어 기능을 회복하면서 상실한 단어들을 찾는 일을 게을리 하지 않았다. 그러나 그 일이 그렇게 쉬운 일은 아니었다. 아직도 불완전한 몸을 이끌면서 망각된 언어의 집을 다시 세워나가야 했기 때문이다. "모르는 단어를 찾으려고 사전을 꺼내다 책장이 무너졌다"는 시적 사실을 김 시인의 언어 회복 과정의 한 상징으로 본다면 그가 이번 시집을 내기 위해 얼마나 자신과 싸워왔는지를 추리해볼 수 있다. "책장은 지금 전쟁 중이다"라는 시적 언표에 이 모든 것이 함축되어 있다.

아직도 항암치료를 하며 병마와 싸우고 있는 김성배 시인은 더 이상 자신이 일구어온 해성출판사를 운영하기가 힘들어 부산역 앞 창비부산에서 해성출판사 고별전인 '안녕, 해성'전을 열었다. 도서출판 해성 35년의 역사가 부산지역 출판문화사와 함께 역사 저편으로 넘겨졌다. 그러나 그가 거듭나서 재기한 그의 시 세계는 계속 이어져 나가길 기도한다. 그리고 빨리 온전한 건강을 회복해서 아직도 세우지 못하고 방치되어 있는 솔뫼 최해군 선생 기념비를 함께 세울 날을 고대한다.

시인 김성배

1964년 충남 조치원읍(현 세종시)에서 태어나 부산에서 성장했다. 방송통신대
국어국문학과를 졸업했으며, 2009년 시 전문지 『시평』 신인상으로 등단했다. 시
집 『오늘이 달린다』(모악, 2017)와 산문집 『문학을 찾아서 시비를 찾아서』(해성,
1994), 『나는 책을 만들고 책은 나를 만들고』(해성, 2019)를 펴냈다.

모악시인선 031

내일은 걷는다

1판 1쇄 찍은 날 2025년 1월 17일
1판 1쇄 펴낸 날 2025년 1월 24일

지은이 김성배
펴낸이 김완준

펴낸곳 모악

출판등록 2016년 1월 21일 제2016-000004호
이메일 moakbooks@daum.net

ISBN 979-11-88071-74-6 03810

값 10,000원